HUGUES REBELL

UNION

DES

Trois Aristocraties

PARIS

BIBLIOTHÈQUE ARTISTIQUE ET LITTÉRAIRE

31, rue Bonaparte, 31

—

1894

UNION

DES

Trois Aristocraties

HUGUES REBELL

UNION

DES

Trois Aristocraties

PARIS
BIBLIOTHÈQUE ARTISTIQUE ET LITTÉRAIRE
31, rue Bonaparte, 31

1894

*C'est la science qui fait le progrès so-
cial, et non le progrès social qui fait la
science... Rappelez-vous ce saint dont
un ange laboure le champ, afin qu'il n'ait
pas à interrompre sa prière. La prière,
ou, pour mieux dire, la spéculation ra-
tionnelle est le but du monde ; le travail
matériel est le serf du travail spirituel.
Tout d aider celui qui prie, c'est-à-dire
celui qui pense. Les démocrates, qui n'ad-
mettent pas la subordination des individus à l'œuvre générale, trouvent cela
monstrueux.*

. . . .

*Le peuple croit qu'une ville est un
composé de maisons ; il ne comprend pas
qu'une ville est surtout faite par ses
remparts. Les remparts d'une cité sont
ses défenseurs, ses institutions. Une démocratie sans famille et sans institutions
est une ville ouverte. Ceux qui défendent
et qui gardent une société ont droit à
un privilège spécial.*

ERNEST RENAN.

UNION

DES

Trois Aristocraties

On conçoit malaisément des acteurs qui, chaque soir, se rendraient dans un théâtre vide pour jouer devant les banquettes. Les jeunes écrivains d'aujourd'hui ne font pas autre chose. « Contes à soi-même », ainsi se nomme le dernier recueil de M. de Régnier, et ce titre indique moins un parti pris de vivre en soi qu'une résignation à ne pas être lu (1).

---

(1) Je prends l'exemple de M. de Régnier, parce que c'est un des plus nobles poètes de ce temps, mais je pourrais citer la plupart des artistes et des penseurs contemporains. Leur conduite est la même ; ils n'aspirent qu'à mettre une barrière entre le public et leur œuvre, effrayés ou dégoûtés (j'excuse ce sentiment) par le peuple roi et justicier, — le peuple qui a pour idéal artistique les chansons de café-concert, et, pour nourriture intellectuelle, les journaux qui relatent les scandales politiques.

Je n'approuve point, certes, un tel dédain de la célébrité, ni ce manque d'ambition qui tendrait à faire de chaque poète comme une sorte de monomane en cellule, ne s'occupant que de lui et se moquant du reste du monde. On n'atteint au grand art que si l'on sent des âmes avec soi. Le public est le collaborateur nécessaire de l'artiste : la fièvre d'enthousiasme qui l'anime dans la recherche de la beauté, il la doit à cette multitude de désirs exaspérés mais vagues, à cette aspiration immense d'un peuple à un idéal encore confus, qu'il est chargé, lui créateur, de préciser et de définir.

Mais si l'artiste a besoin d'un public, il ne peut accepter celui que lui offrirait la démocratie moderne ; il désire l'approbation des esprits, et non l'applaudissement bruyant des foules. Quel idéal d'ailleurs gouverne maintenant les multitudes, si ce n'est le rêve de bien-être le plus grossier, idéal qui ne les met pas à un rang beaucoup plus élevé dans la civilisation que les peuplades de l'Afrique et de l'Océanie. Les artistes sont donc fatalement des solitaires et leurs pensées ressemblent à des prisonnières qui ne communiquent point entre elles, qui ignorent même le plus souvent leur existence. Si, par hasard, elles soupçonnent dans leur réclusion le voisinage d'une amie, si elles entreprennent de se confier l'une à l'autre, la grosse voix de geôlier de la démocratie couvre leurs paroles.

Le dix-neuvième siècle a ainsi réalisé le rêve de la plèbe : le triomphe des individus et la ruine des intelligences. Du moment que toute hiérarchie a disparu, du moment que chacun a le droit de donner son jugement, qu'on en soit persuadé : il n'y a plus de jugement. Liberté de la presse signifie esclavage de la pensée, puissance de tous veut dire oppression des meilleurs. Quand il est permis au premier venu de s'écrier : Racine n'a pas de talent, et qu'on l'écoute, il ne peut plus se produire de nouveaux Racine.

Devant ce débordement de la sottise démocratique, il serait fou de désirer parler au public puisqu'il n'existe pas. Nous ne sommes plus au temps où Grimm et Diderot écrivaient pour une impératrice, où les rois recherchaient les penseurs. Romans, théâtre, histoire, philosophie, science, tout s'adresse à la populace : les démocrates veulent, comme ils le disent plus justement encore qu'ils ne le croient, tout vulgariser. Nous ne participerons donc pas à leur grande entreprise de bassesse, nous dont le vœu n'est que d'ennoblissement.

La situation des intellectuels est pénible, mais non encore désespérée. Une tâche leur incombe qu'ils ne doivent pas négliger, si médiocre qu'elle leur paraisse, puisqu'elle facilitera la tâche légère et glorieuse de leur rêve. Oui ! s'il leur est impossible à présent de faire de leurs livres des œuvres, que ces livres soient au moins des actions. On étouffe la voix qui expose la pensée, mais on n'étouffera pas notre cri d'appel. Nos écrits seront des mots d'ordre pour des conspirateurs, des signaux de ralliement pour les amis égarés. A l'art qui, à notre époque, est irréalisable, nous allons aplanir les voies : nous voulons nous créer un public.

Se créer un public ! travail immense ! Il nous faut devenir révolutionnaires, — révolutionnaires, il est vrai, d'un genre nouveau. Nous ne songeons pas à détruire, mais à restaurer, désireux de profiter du travail des ancêtres et jugeant que les demeures élevées à leurs passions sont encore bonnes pour abriter les nôtres. Mais hélas ! dans un moment de fièvre, des enfants barbares ont tout livré aux flammes. Retrouverons-nous seulement, parmi ces ruines, des matériaux pour notre édifice ?

Dans ces sociétés qui se disent démocratiques, on ne rencontre que des gens qui désirent dépasser, effacer leurs voisins. La démocratie signifie pour eux, non point égalité des pouvoirs de tous les hommes, mais un droit personnel à la domination des autres. Si ce désir de puissance venait de la conscience de son propre mérite, il n'aurait rien que de légitime, mais il a pour origine la croyance à l'égalitarisme, cette fausse idée que tous les hommes ont les mêmes aptitudes et les mêmes droits. Un individu voit-il son voisin s'élever à côté de lui, il ne s'occupe point de savoir s'il lui est supérieur ou inférieur, il faut qu'il s'élève à son exemple. Pour juger du désordre causé par cette morale démocratique, on n'a besoin que de jeter un coup d'œil sur notre société moderne : nul pouvoir n'y est reconnu, personne n'y veut obéir, et les chefs légitimes se voyant contester leur droit au commandement, s'en désintéressent et l'abandonnent aux premiers aventuriers qui entreprennent de le saisir.

— Vous êtes roi, monsieur, dit le riche au prolétaire en le saluant ; me permettrez-vous de garder mes richesses? Elles ne vous humilieront point, soyez-en sûr : je les garderai dans mon coffre-fort.

— J'ai eu des titres autrefois, dit le gentilhomme au roturier, mais je vous promets que je ne m'en souviens guère. Mes vieux parchemins d'ailleurs n'existent plus Vous m'avez fait jadis le grand plaisir de les brûler avec mon château. J'espère que vous ne me refuserez point l'honneur de me considérer comme un des vôtres.

— Chers amis, disent les intellectuels, mendiant les suffrages des rustres ignorants, chers amis, veuillez, je vous prie, nous indiquer comment nous devons défendre vos intérêts et nous donner votre avis sur ce projet de loi. Nous avons étudié durant vingt années ces problèmes, mais encore que vous ne les soupçonniez même pas hier, vous êtes, à les résoudre, beaucoup plus aptes que nous (1).

Ah ! lâches ! misérables lâches ! comment pourriez-vous défendre la vérité et la beaute, vous qui n'avez même pas la force de défendre votre propre personne : vous ne savez que vous gorger d'humiliation. Quelles joies infâmes goûtez-vous donc dans l'abaissement ? Ne voyez-vous pas ces foules anxieuses et impatientes, trop faibles pour se diriger elles-mêmes et qui ne demandent qu'à acclamer une domination plus glorieuse que leur liberté.

---

(1) Aujourd'hui, en toutes circonstances, l'homme qui sait est aux pieds de celui qui ne sait pas. Dans certaines mines du Nord, l'ingénieur, ancien élève de l'école Polytechnique ou de l'école Centrale, est paralysé par le contre-maître, chargé par les ouvriers de "surveiller leurs intérêts". Il y a quelques mois, dans une mine, une galerie s'écroula, parce que le contre-maître n'avait pas voulu exécuter les ordres de l'ingénieur. Notez qu'en ces occasions la compagnie est toujours prise à parti, que l'ingénieur est parfois accusé, renvoyé, et que le "brave ouvrier" est regardé comme la victime innocente, le martyr qu'on doit sanctifier. Toute une troupe de bas journalistes vivent de ces appels à la charité et se servent ainsi du prolétariat pour remplir leur caisse.

Cependant je distingue, au milieu des huttes de sauvages de cette démocratie, de majestueux monuments qui ont subi mille outrages, mais que je crois encore réparables. Dans ce monde moderne, repoussant de vulgarité au premier coup d'œil, on aperçoit çà et là les éléments d'une aristocratie qui, encore que déchue, pourrait être relevée.

Un idéal me séduit avant tout : créer des dominateurs, donner de l'orgueil à ceux qui méritent d'en avoir.

Nous avons vu que l'intellectuel à notre époque était voué fatalement soit à un perpétuel soliloque, soit à une prostitution à d'indignes multitudes. Ici le chant de la masturbation, le « Conte à soi-même » perpétuel, une pensée qui, se nourrissant de sa propre substance, se dévore et s'anéantit ; là, un jeu et des parades burlesques, car, s'adressant à des inférieurs, l'intellectuel sera forcé de prendre la voix niaise de la servante à l'enfant, le ton pédant du magister à l'élève.

L'homme qui a des idées à imposer ne souffre point cet isolement ni ce masque. Il veut parler en maître à des maîtres ; tout grand créateur demande de grands compréhensifs : son public, c'est une aristocratie.

Une aristocratie, vous écriez-vous, mais laquelle ? Je réponds hardiment : toutes les aristocraties. Le philosophe ne détruit rien, mais accepte la vie dans son immensité, dans sa variété. Puisqu'une force existe, dit-il, c'est qu'elle a sa raison d'être. Honneur, travail et intelligence, tels sont les fondements de toute société : notre désir est de réunir dans une même alliance la noblesse du nom, celle de l'argent et celle de la pensée.

Ainsi notre souhait égoïste « avoir un public », où d'ailleurs est sous-entendu ce souhait plus noble « répandre une Idée », aboutit à ce vœu : créer une hiérarchie, pour sauver le monde de la grande maladie démocratique, de cette grande fièvre populaire du commandement.

Il faut d'abord qu'aux yeux du peuple la noblesse héréditaire se replace à son rang et qu'elle prenne conscience d'elle-même. Représentant la fidélité aux serments, l'attachement au prince, la soumission fière et le fier commandement, elle perpétue de hautes traditions de vertu et de virilité auxquelles on ne saurait toucher sans détruire la civilisation. Les démocraties, qui ne subsistent qu'à la condition d'être continuellement illogiques, ne sont pas encore arrivées à se passer de la noblesse. Elles se servent encore de l'ancienne, elles en créent une nouvelle et il y aura bientôt une noblesse républicaine comme il y a eu une noblesse de l'empire. N'a-t-on pas honoré en M. Carnot le petit-fils de « l'organisateur de la victoire » et M. Casimir-Perier ne doit-il pas une partie de sa popularité au ministre de Louis-Philippe ? On ne voit donc pas ce que signifie cette égalité si vantée puisque ceux qui la prêchent sont les premiers à ne pas y croire.

Si, dans ce siècle, la noblesse a joué un rôle effacé, ambigu, misérable parfois, elle n'en est pas responsable. Ceux que l'on s'accoutumait à regarder comme des penseurs lui ont si bien dit et répété qu'elle ne servait à rien et qu'un long enseignement de respect de soi-même et d'orgueil, donné de génération en génération, n'avait aucune influence sur le caractère des derniers

descendants ! La noblesse en est venue à rougir
de ses titres, et, dans un discours récent adressé
au parti libéral, Lord Roseberry a dû insister
pour faire admettre à son auditoire qu'un lord
était un citoyen ordinaire et qu'il pouvait même,
en certaines circonstances, être utile au pays (1).

Ne reprochons donc point à la noblesse ses
fautes. Elle est esclave de la réputation qu'on
lui a faite. Son oisiveté, ses débauches, son indifférence, elle les doit aux écrivains de la démocratie qui cherchèrent à l'éloigner de toutes les
charges, en proclamant la souveraineté de la
populace. Notre tâche est de lui rendre son ancien prestige. Crions aux nobles : Vous avez le
droit de porter vos titres, et votre devoir est
même de les montrer aux foules. Vos pères,

---

(1) Il faut lire et méditer cet étonnant discours prononcé
au Meeting du Foreign-Office le 12 mars 1894. Lord Roseberry a eu besoin de défendre les lords qu' « il ne faut pas,
« a-t-il dit, traiter comme des parias... Il ne serait pas
« bon, a-t-il ajouté, de déclarer que l'accident de naissance
« peut être un empêchement pour un homme honorable de
« prendre un service public ».

Lire aussi, à propos de l impôt sur le revenu, le discours
de M. Jules Roche (10 juillet 1894) où l'orateur, comparant
la démocratie athénienne à la nôtre, rappelle le mot d'Iso-
crate : « Il est plus périlleux maintenant d'être riche que
« meurtrier ».

quelle que soit la manière dont ils s'élevèrent
à la puissance, ont créé pour vous un esprit
fier et intelligent de domination qui vous
rend, non des tyrans, mais des dispensateurs.
Des pamphlétaires disent que vous êtes tombés,
que votre race touche à sa fin ; des artistes vont
chercher les escrocs et les souteneurs, et ils les
saluent comme les représentants de la jeune hu-
manité(1). Peut-être à leurs étranges discours
avez-vous souri d'abord, car vous ne vous jugiez
pas des dégénérés ; loin de manquer d'énergie
vitale, vous vous sentiez au contraire pleins de

----

(1) Ces paradoxes ne sont souvent que des jeux d'esprit
pour leur auteur. Rabelais aussi s'égayait à représenter
dans les enfers les rois au service de leurs esclaves. Mais
les rêves dont s'amuse la fantaisie d'un écrivain deviennent
des réalités pour la foule, qui prend tout au sérieux. Il y a
des gens, grands amateurs de rapprochements historiques,
qui comparent la société actuelle au monde romain, le
christianisme primitif à l'anarchisme, les esclaves croyants
aux prolétaires de la Révolution. Je ne crois pas d'abord
que le christianisme ait été un bienfait pour l'humanité ;
les sociétés antiques me paraissent beaucoup mieux cons-
tituées que la société chrétienne, mais quoi qu'il en soit, il
n'y a aucun rapport entre le mouvement du IVe siècle et
celui que l'on veut voir actuellement. L'un fait succéder
des peuples barbares et neufs à un peuple épuisé ; l'autre
ferait succéder une classe à une autre classe dont elle a
partagé la vie, et que, par conséquent, elle ne peut surpasser
en force physique.

force pour l'existence, mais bientôt, si vous écoutez encore les démagogues, vous accepterez leurs insultes, vous commencerez à vous mépriser vous-mêmes et alors vous serez perdus : votre raîson d'être en effet, c'est votre orgueil ; vous n'avez droit à la vie qu'autant que vous saurez régner sur celle des autres.

Crions aussi à l'homme venu d'en bas et qui a conquis la fortune : Votre or n'est pas maudit, vous n'êtes pas un criminel. Sur chaque pièce, sur chaque billet de votre coffre-fort, je vois de votre sueur, de votre esprit, et pourquoi pas ? de votre ruse. Oui ! vous valez mieux que les gens qui vous envient et accusent votre honnêteté, maintenant qu'ils n'ont plus que cette vertu à faire valoir. L'homme qui a mis son intelligence et sa volonté à conquérir l'or par l'industrie, le commerce, la banque, en se servant lui-même, a servi l'humanité, et davantage que ceux qui, n'ayant que des bras, voulaient seulement gagner leur subsistance. Combien d'êtres vivent et jouissent de lui, quel beau mouvement de travail et de plaisir il a créé ! C'est justice (puisque justice est en cause) qu'il reçoive une rémunération bien supérieure à ses subordonnés ; c'est justice, s'il ne veut pas profiter de ses richesses, qu'il en fasse profiter ses enfants, si imbéciles. qu'ils puissent être : un jour ou l'autre, en effet, l'humanité recouvrera ses trésors, et, lui-même, n'a-t-il pas le droit d'user de cette fortune qui n'est pas comme son œuvre, comme son enfant, mais comme ses propres membres, dont il peut disposer pour de nouvelles créations ? Une fortune, qu'on le sache, est une œuvre naturelle et bienfaisante. Ce grand superflu chez quelques-uns fait naître des aptitudes, excite des activités multiples. Le désir toujours satisfait du riche engendre d'infinis désirs qui éveillent à leur tour, chez les travailleurs pauvres, les innombrables facultés du génie humain. Supprimer l'or, proclamer l'égalité des fortunes, ne pas laisser à chacun le droit d'acquérir, ce ne serait pas retourner à la sauvagerie, car il y a lutte chez les sauvages pour la prééminence, mais ce serait souhaiter la mort ou le sommeil, la vie et le plaisir n'étant qu'un effort, un travail continuel.

Mais cet esprit chrétien, (1) dont tout aujourd'hui est infecté jusqu'aux hommes qui s'en disent ennemis, pousse les prétendus penseurs à déclamer contre la richesse et à maudire cette classe qui a été un artisan de gloire et de beauté ! Pourtant qui a créé Venise et Florence, qui a suscité dans ces villes toute une légion de grands artistes si ce n'est l'or de leurs commerçants et de leurs banquiers ? Il y a une histoire que personne n'a tenté d'écrire et qui

---

(1) Je dois répéter ici, pour prévenir chez le lecteur une facile confusion, ce que j'ai dit ailleurs (*Chants de la Pluie et du soleil. — Examen.*) : Je n'attaque nullement le catholicisme, mais bien le christianisme primitif, qui en est fort différent. — Le catholicisme est une religion conforme aux besoins sensuels et sentimentaux de l'humanité, comme les religions antiques, tandis que le christianisme, à son origine, a été surtout un parti populaire, et n'a pu naître et se développer qu'en relevant les pauvres aux détriments des riches. Il est curieux de voir comment l'une des idées les plus chères aux premiers chrétiens, l'indignité du riche, l'inutilité des richesses, se transforme avec le temps. « Il est plus aisé, disent les évangélistes, qu'un chameau passe par le trou d'une aiguille, qu'il ne l'est qu'un riche entre dans le royaume de Dieu. » Au XVIIe siècle on ne pense plus ainsi. Il est avec les évangiles des accommodements. Déjà Bourdaloue, dans son sermon sur l'ambition, divise les richesses en deux classes : « celles que Dieu a établies », qu'il juge légitimes, et « celles qui s'érigent d'elles-mêmes », pour lesquelles il est sans pitié. Bossuet n'établit point de distinction ; d'après lui, Dieu pardonne

serait une belle réponse aux ridicules élucubra-
tions des socialistes et des anarchistes : c'est
l'histoire de la richesse. On y verrait des hommes d'une volonté et d'une énergie admirable
comme ce Salomon Heine, l'oncle du poète. Il
arrive à dix-sept ans à Hambourg, les poches
vides ; il entre dans une maison de banque
comme garçon de bureau chargé de présenter
les lettres de change. Vingt-quatre ans se pas-
sent pendant lesquels nous le voyons successi-

à tous les riches pourvu qu'ils soient charitables. « Venez
donc, ô riches, dans son église, s'écrie-t-il, la porte enfin
vous est ouverte, mais elle vous est ouverte en faveur des
pauvres et à condition de les servir. » Plus tard Massillon
sera encore plus indulgent. Il montre que Dieu a voulu l'iné-
galité des richesses pour permettre aux riches de faire l'au-
mône aux pauvres. Il ne demande point aux riches de se
dépouiller, mais, après avoir réservé ce qui est utile pour tenir
leur rang, de donner le superflu. Comme on le voit, le christianisme avec ces sages moralistes s'humanisait, tandis que
les idées qu'il avait apportées au monde allaient porter leurs
fruits et, à leur tour, *christianiser* l'humanité. C'est bien, en
effet, les paraboles sentimentales des Evangiles qui ont été le
point de départ des froides déductions de Marx et de ses
disciples sur le salaire et le capital. Il était toutefois réservé
à ces pauvres gens de flétrir la charité. Ce sera peut-être
la seule originalité des socialistes modernes de n'avoir pas
compris la beauté de cet acte et de l'avoir trouvé déshono-
rant. Ils n'ont pas vu que la charité, lorsqu'elle reste l'offre
simple de celui qui estime à celui qui demande fièrement,
est le lien le plus solide qui puisse unir des êtres nobles.

vement commis, associé et enfin directeur d'une
banque qu'il a lui-même fondée. Croyez-vous
que durant ces vingt-quatre ans il n'eut pas à
passer des heures douloureuses d'humiliation,
de gêne, de besoin peut-être ? Mais ce n'était
pas un de ces impuissants qui essaient de détruire ce qu'ils ne peuvent arriver à posséder.
Il avait assez de courage pour conquérir. Plus
tard nous trouvons Heine à l'immense incendie
de Hambourg. Au milieu de l'épouvante générale il demeure l'homme du sang-froid, de la
résolution. C'est lui qui conseille de faire abat-
tre par l'artillerie des maisons qui lui appartien-
nent pour conjurer le feu. Quand l'incendie a
cessé, alors que le crédit est menacé, que la pa-
nique est dans la ville, que le commerce et l'industrie vont périr, il se promène à l'ouverture
de la Bourse, au milieu du marché, criant à tous :
« Celui-là est un brigand qui escomptera au-
dessus de trois pour cent » donnant ainsi à
entendre que sa maison est ouverte aux effrayés
et aux nécessiteux. Sa banque escompta pour
des millions. Toutes les autres suivirent son
exemple. Les affaires reprirent, et cette cité

dès lors moins épouvantée, plus confiante, con-
sentit à l'existence.

Dites-moi : ce Heine qui avec sa fortune len-
tement conquise était devenu maître de Hambourg et lui rendait la vie, encore qu'il soit un
homme d'argent, n'a-t-il pas sa grandeur ? Son
cas n'est pas unique pourtant. Depuis les habiles et magnifiques Italiens de la Renaissance
jusqu'aux Rothschild (1) et aux Pereire, nous
rencontrerions dans les annales de la richesse

(1 Voir notamment dans les mémoires du général de
Marbot de quel courage, de quelle probité et de quelle fi-
nesse fit preuve, pendant l'Invasion française, le fondateur
de la dynastie des Rothschild et comment il parvint à
sauver de la confiscation la fortune de l'électeur de Hesse-
Cassel. Je prends mes exemples de préférence dans la
banque juive, parce que c'est toujours aux israélites que
s'attaquent non seulement les socialistes, mais les conservateurs catholiques qui ne voient pas qu'ils se liguent
ainsi avec leurs ennemis, — les ennemis de toute civilisation. La haine que l'on porte aux israélites n'est que celle
de l'impuissance : si, comprimés, mis hors la loi, persécu-
tés pendant des siècles, ils sont arrivés enfin au pouvoir
par suite de leur invincible énergie, nous ne pouvons que
les admirer et reconnaître nos dominateurs, puisque nous
n'avons pas su profiter de nos avantages. — Mais la Démocratie hait tous les riches, chrétiens ou juifs. Elle ne
sera heureuse que lorsqu'elle aura, sous prétexte de justice,
de moralité, restreint ou arrêté les opérations de bourse
et ruiné la France comme le fit la Révolution. D'ailleurs
les '' grands penseurs '' du parti révolutionnaire actuel aspirent plus haut : la destruction de la richesse, voilà en effet
un but digne de leurs efforts.

beaucoup d'hommes qui certainement doivent choquer un Drumont, un Grave, un Kropotkine, mais que ne manqueront pas d'admirer tous les esprits vraiment libres et philosophiques.

Les Démocraties toutefois, en affectant le mépris ou la haine de l'argent, sont consé-quentes. On a pu croire un moment que la Révolution voulait servir l'aristocratie natu-relle au détriment de l'aristocratie sociale. Cela d'ailleurs eût été une sottise, car l'aristo-cratie sociale est aussi une aristocratie naturel-le. Lors même que la noblesse ne rendrait plus directement des services, l'état d'esprit qu'elle perpétue, ces traditions d'honneur dont nous avons parlé, constituent pour la société un ser-vice très réel. Il est prouvé d'autre part que l'aventurier de génie ou de talent sous l'ancien régime forçait plus aisément les portes qu'à notre époque, où le pouvoir imbécile et machi-nal de l'administration a remplacé l'arbitrage d'hommes le plus souvent intelligents et culti-vés. Mais admettons que la Révolution ait ouvert des carrières injustement fermées, ses intentions aujourd'hui sont claires. « Nous ne

voulons pas plus de supériorités intellectuelles
que de supériorités sociales, disent les démocrates : vous, sots, malades, impuissants, vous
êtes les égaux des forts, des sains, des intelligents, c'est l'arrêt de *notre* justice : la nouvelle et la meilleure. »

Répondons-leur donc : « Comme certains
êtres d'une constitution robuste et dont la dé-
pense de forces est excessive, ont besoin de
plus de nourriture que des hommes d'énergie et
de travail ordinaire, nous, qui naturellement et
fatalement accomplissons une œuvre supérieure
à celle de plusieurs milliers d'êtres, nous avons
des besoins et des droits supérieurs. Ces droits,
autrefois, notre génie et notre habileté nous les
décernaient, mais maintenant vous voulez nous
les retirer ! Apprenez donc ceci : vous nous
volez en donnant aux misérables, et comme
l'humanité n'est point représentée par la foule,
mais par une élite, vous volez aussi l'humanité...»

Sous la menace d'un même danger la noblesse
et la richesse doivent se liguer contre la démocratie, mais il faut d'abord qu'elles aient conscience de leurs devoirs. Les nobles vivent en

se cachant, à la façon des proscrits, et les riches ressemblent à ces juifs du moyen-âge qui dissimulaient des trésors au fond des sombres demeures de leur ghetto. Ils ont peur, ils affectent des habitudes austères, ils craignent de paraître mener une vie trop luxueuse. De temps à autre, si on leur reproche leur fortune, ils font une dotation publique dont les pauvres n'ont pas connaissance, ou bien ils inscrivent leur nom en tête d'une liste de souscription, pour recevoir les flatteries de leur entourage. Comment la foule consentirait-elle à voir entre leurs mains une richesse qu'ils ne prennent pas la peine de légitimer par des œuvres ? La foule ressemble à ces femmes qui, se sentant faibles, acceptent et même désirent un maître, mais il leur doit d'abord montrer les vertus du mâle. Si la noblesse et la richesse voient chaque jour diminuer leur pouvoir, c'est qu'elles se sont dispensées peu à peu de toutes les charges qui leur incombaient. Quelle opinion aurait-on d'un roi qui, abdiquant la couronne, continuerait à toucher les revenus du royaume ? Les nobles et les riches de notre temps sont dans cette situation.

Ils jouissent de l'existence en petits et médiocres égoïstes, vivant tranquilles et retirés, sans se douter qu'il n'y a puissance qu'autant qu'il y a solidarité.

J'avoue que la foule, encore qu'elle les attaque, est complice de leur bassesse. Elle les hait. parce qu'elle les envie. Elle les méprise, mais elle respecte leur argent. C'est chez elle comme chez eux la même avarice stérilisante, le même oubli des véritables destinées de l'or, — de l'or qui doit être actif et prodigue pour créer. Chacun voudrait posséder dans son armoire une assurance de repos perpétuel, un brevet de vie longue et paisible. L'ignorance démocratique, qui ramène tout à l'intérêt, a, ici comme ailleurs, oublié l'utilité générale pour ne voir que le bien-être individuel. La richesse n'apparaît plus comme une armée juvénile et pleine d'ardeur pour gagner des batailles, mais comme une troupe de valets pour soigner et divertir des malades. C'est une sinécure au lieu d'être une fonction. Tandis qu'elle se désintéresse de toutes les grandes entreprises, sans courir aucun risque, sans rendre aucun service, dans son oisiveté misérable, elle prétend doubler et quadrupler ses forces. Mais parce que maintenant la plupart des riches oublient leurs devoirs, est-ce une raison pour s'en prendre à une richesse qui n'est plus elle-même, que l'on a transformée jusqu'à la rendre méconnaissable d'avilissement ?

Quelques uns disent : Instruisons le peuple. Moi je dis : Instruisons la richesse, instruisons la noblesse. Que ceux-ci montent à la bibliothèque de leur château, qu'ils lisent la vie de leurs ancêtres, et que ceux-là pensent à leurs prédécesseurs.

Malheur aux aristocraties qui éloignent d'elles la pensée ! Si aujourd'hui nous rencontrons parmi les écrivains tant de démagogues, tant de courtisans de la populace, c'est qu'ils ne sentent point dans l'aristocratie l'appui qu'ils auraient le droit d'espérer. Aux grands appartient l'initiative des grandes choses. Ils sont les auxiliaires naturels de l'inventeur, du philosophe, de l'artiste, car leurs travaux, leur vie, leurs jouissances servent d'exemple aux hommes. Tout mouvement de réforme ou de transformation doit donc partir de leur palais. Ainsi al-

lume-t-on les fanaux sur les hauteurs pour que
de tous côtés on les aperçoive, mais les hommes de pensée d'aujourd'hui sont semblables à
des esclaves porteurs de lanternes : c'est à peine
si leur lumière éclaire les voisins. Personne
pourtant n'a le droit de leur reprocher leur rôle
effacé puisque ceux qui devraient les soutenir
les abandonnent.

Or nous dépendons les uns des autres. Cette
division des classes dominatrices ne peut servir
qu'à leur commune ruine. On a dit sur la scène
et dans le roman, avec une ironie peu philoso-
phique, l'alliance de la noblesse et de l'argent,
quel esprit sagace ne comprendra la nécessité
de cette union ? (1) Le parvenu apportant l'ha-
bitude du travail, l'activité, la volonté, il doit y
ajouter encore l'honneur, la délicatesse, le sens
du noble commandement. Mais cette union n'a
sa raison d'être que si on lui donne un autre but
que la continuation d'une race ou l'établisse-
ment d'une famille, par exemple, un idéal nou-

---

(1) Dans sa belle comédie des *Deux noblesses*, M. Henri
Lavedan a fort bien montré la grandeur du parvenu, mais
pourquoi lui sacrifier la grandeur du gentilhomme ?

veau qui règle notre conduite, domine notre pensée et entraîne tout un peuple.

Cet idéal, générateur de vastes œuvres et qui réunit dans une même action la multitude des hommes, cet idéal nécessaire, c'est l'intellectuel qui un jour le présente au monde. De la seconde moitié du XVIII° siècle à ces dernières années, trois esprits surtout le révélèrent à l'humanité : Rousseau, Hugo, Wagner.

Ces voix ont fait leur œuvre mystérieuse ; paroles et chants répétés à l'infini ont donné une âme à ceux-là même qui ne les entendirent point, car le verbe puissant appelle les mots imitateurs et il n'est point de grande pensée qui n'attire à sa suite tout un cortège d'idées.

Prêchant la ruine de la civilisation, le retour à la société primitive, le bonheur de l'existence endormie, exaltant les simples, les faibles, les misérables, ces chants, de la publication de l Emile et du Contrat à la représentation de Parsifal, retentissent tantôt comme des plaintes berceuses pour les sociétés lasses, tantôt comme les appels d'un fiévreux en délire. La société qui fit ou accueillit la Révolution française a trouvé dans

ces hymnes étranges ses véritables interprêtes.
Elle avait sans doute besoin, après tant de furieu-
ses batailles, de contempler sa misère et ses mala-
dies, peut-être aussi ne pouvait-elle plus retenir
ses cris de douleur. Mais l'œuvre de Rousseau,
de Hugo et de Wagner est achevée. Il est temps
de songer à reprendre la route, d'essuyer ses
larmes et d'avoir du courage. Un autre idéal
s'impose et avec lui de nouveaux conducteurs.

Cependant ces guides attendent qu'on recon-
naisse leur mission et que les hommes des premiers rangs leur prêtent leur appui. S'aventure-
t-on dans des chemins difficiles sans vivres et
sans escorte ?

Ces guides ont surtout besoin qu'on veille à
les approvisionner et à les secourir, car ils ne
songent qu'à indiquer la route, ils ne s'occupent
point d'eux-mêmes. C'est en cela qu'ils se dis-
tinguent des autres hommes.

La plupart des êtres, en effet ne sauraient
accomplir le premier acte de l'existence : le travail ; ils languiraient dans un infâme sommeil
et finiraient même par mourir d'ennui, s'ils
n'étaient obligés de gagner leur pain, mais la

nécessité qui leur met à la main un outil, leur fait vite comprendre la loi de leur nature ; bientôt ils ne peuvent plus s'y soustraire : jusque dans leurs jeux et leurs délassements ils seront des travailleurs. Ainsi, tout en ne pensant qu'à leur propre plaisir, concourent-ils sans le savoir à l'œuvre du monde.

L'homme supérieur, au contraire de la foule, est d'instinct attiré par le travail. Sa vie n'est pas assez longue, son corps pas assez robuste pour la tâche qu'il rêve d'accomplir. Tandis que la foule ne songe qu'au résultat de son labeur, l'intellectuel ne songe qu'au labeur lui-même ; aussi est-il presque toujours incapable non seulement d'en profiter, mais d'assurer son existence : tout ce qui n'est pas sa pensée devient le jouet des êtres et des choses.

A certaines époques les peuples ont senti à la fois la suprématie et l'infortune de ces grands hommes qui, distribuant au monde des trésors, ne surent rien garder pour eux-mêmes. On transgressa en leur faveur l'implacable loi du combat pour la vie ; on convint qu'ils ne seraient point soumis aux obligations communes ; des rois les prirent sous leur protection, et le génie, à cause de ses continuels bienfaits, reçut des privilèges. On se rappelle que le pape Paul III donna à Benvenuto Cellini l'absolution du meurtre de Pompeo, et comme quelqu'un lui reprochait sa clémence : « Sache, dit-il, que de pareils hommes sont au-dessus des lois. » (1)

---

(1) Il serait bon de se rappeler à ce sujet l'admirable page de Diderot sur Racine, Voltaire et sur le génie en général. « Il sera l'admiration des hommes dans toutes « les contrées de la terre. Il inspirera l'humanité... Il a « fait souffrir quelques êtres qui ne sont plus ; auxquels « nous ne prenons presqu'aucun intérêt ; nous n'avons rien « à redouter ni de ses vices ni de ses défauts. Il eût été « mieux sans doute qu'il eût reçu de la nature les vertus « d'un homme de bien avec les talents d'un grand homme. C'est un arbre qui a fait sécher quelques arbres « plantés dans son voisinage, qui a étouffé les plantes qui « croissaient à ses pieds ; mais il a porté sa cime jusque « dans la nue ; ses branches se sont étendues au loin ; il « a prêté son ombre à ceux qui venaient, qui viennent et « qui viendront se reposer autour de son tronc majestueux ; il a produit des fruits d'un goût exquis et qui se « renouvellent sans cesse. Il serait à souhaiter que de « Voltaire eût encore la douceur de Duclos l'ingénuité « de l'abbé Trublet, la droiture de l'abbé d'Olivet, mais « puisque cela ne se peut, regardons la chose du côté « vraiment intéressant, oublions pour un moment le point « que nous occupons dans l'espace et dans la durée ; et « étendons notre vue sur les siècles à venir, les régions « les plus éloignées et les peuples à naître. Songeons au « bien de notre espèce. Si nous ne sommes pas assez généreux, pardonnons du moins à la nature d'avoir été « plus sage que nous. »

Le temps n'est plus de ces nobles princes qui savaient dans la foule reconnaître leurs semblables. La démocratie moderne n'admet ni ces faiblesses, ni cette supériorité : Vous êtes tous égaux, répète sa voix brutale.

Si parfois elle affecte de protéger l'art, ce n'est que celui des médiocres. Edmond de Goncourt note dans son journal un mot très caractéristique de M. Grévy. Le président avait demandé au directeur des Beaux-Arts son opinion sur le salon de peinture des Champs-Elysées : « Pas d'œuvres supérieures, dit le directeur, mais une bonne moyenne. — Très bien, répond M. Grévy, c'est ce qu'il faut dans une république. »

Devant ce mépris, cette indifférence du gouvernement, que reste-t-il à faire à l'intellectuel ? Doit-il se résigner à mourir de faim ou faut-il qu'il accepte cette torture plus grande encore pour lui : l'abandon, l'oubli, dans un travail misérable, de ses plus chères pensées. Ah ! que la prostituée ait à gagner son pain, je le veux, puisque, sans cela, tant d'hommes ne jouiraient pas de sa beauté ; que le marchand, l'ouvrier,

le laboureur aient, pour vivre, besoin de leur
travail, je le veux aussi, puisqu'autrement l'activité de ces hommes serait perdue, mais
n'est-il pas odieux que le suprême travailleur
doive se préoccuper du lendemain ? lui dont
l'œuvre ne s'enfante que dans le repos et la sécurité, lui qui ne la réalise qu'à la condition de
s'absorber en elle, peut-il lui dérober une minute, ne pas employer toute sa force à son
achèvement ?

Rejetés par le gouvernement, méprisés également par la bourgeoisie et par la populace,
les intellectuels n'ont à attendre le salut que de
l'aristocratie. Aussi bien l'aristocratie ne peut
subsister sans eux.

Mais cette alliance ne se fera point sans
peine. Il faut que les classes dominatrices soient
d'abord convaincues de la nécessité d'une entente commune. Déjà, pour en arriver à ce point,
que de barrières à renverser ! N'avons-nous pas
à obtenir la place qu'on nous refuse dans l'état ?
N'avons-nous pas à nous faire reconnaître de
ceux-là mêmes dont nous réclamons l'appui ?
Notre action ne doit en rien ressembler à une

prise d'assaut ; au contraire, toute de lenteur, de temporisation, elle a pour but moins d'attaquer les institutions que de convertir les personnes. Soyons donc habiles : la lyre d'Orphée est impuissante pour le moment à attendrir les viles brutes qui nous entourent ; saisissons l'épée ou le caducée ; ayons la ruse, pratiquons la violence ; nous devons être tour à tour des combattants, des apôtres, des proxénètes.

Changeons ceux que nous voulons amener à nous : que pourrions-nous entreprendre avec ces gentilshommes qui ne voient pas d'autre but à donner à leur vie que d'entretenir leur écurie et leur alcôve, avec ces financiers qui amassent l'or sans savoir le dépenser, avec ces artistes qui s'amusent à écrire comme de jeunes demoiselles s'amusent à faire de la tapisserie ?

Changeons les hommes autour de nous et changeons nous aussi nous-mêmes.

Je vois un jeune homme aux lèvres pâles, au sourire ironique, au regard lassé qui, j'espère, va bientôt disparaître. Qu'il prenne du jus de viande ou qu'il meure, mais nous ne voulons pas à côté de nous de ce perpétuel malade, —

malade imaginaire le plus souvent, — qui juge distingué de promener partout ses grands airs méprisants et son dégoût affecté. Oh ! cet art de monomane qui a blasphémé le monde, avant même de l'avoir effleuré, il me semble entendre l'énorme éclat de rire dont l'accueilleraient les grands ancêtres : un Rabelais, un Voltaire, un Diderot.

L'artiste doit se mêler à l'existence. Si nous avons pour lui demandé protection, si nous désirons lui rendre à l'avenir la lutte moins pénible, lui ménager, à un moment de sa vie, quelques jours de calme pour la création de son œuvre, ce n'est point pour le soustraire à ses devoirs de combattant. Aujourd'hui surtout, nul loisir ne lui est permis. Qu'il emploie à se défendre la force et l'ardeur qu'il eût pu avoir autrefois à créer.. Qu'il assoie solidement sa vie pour y édifier de solides pensées.

Nous avons pu entrevoir l'ignorance moderne : elle est insondable. Les écrivains de notre époque n'étudient rien, car ils s'imaginent tout savoir. Qu'ils aient donc assez d'amour d'eux-mêmes pour s'instruire ; assez de respect pour ne point se prostituer. Qu'ils offrent aux hommes non point ces idées courantes qui viennent un jour et nous quittent le lendemain, mais ces pensées nées de notre sang, faites de notre vie et que créa l'union divinement joyeuse de notre âme avec l'Univers. On écrit, on publie trop : c'est là une des formes de la vanité démocratique. Tous veulent donner leur opinion, sans s'occuper de savoir s'ils en ont réellement une ou s'ils ont le droit de la donner. Dans cette production immense, l'œuvre de noblesse a toutes les chances de rester inconnue. Les mauvais livres font tort aux bons. A chercher en vain des idées on se dégoûte de ne rencontrer que des mots vides, des phrases de perroquet, des appels de courtisanes pour avoir de l'or ou de lourdes parades pour obtenir des récompenses. Où sont, dans ces œuvres de science pédante et d'art appris, la grande émotion créatrice et la pensée orgueilleuse, désintéressée, inconsciente, qui se dresse impérieusement pour féconder ? Pas de beau livre pourtant qui ne soit dû à une longue extase, à un profond ébranlement intérieur. Pas de beau livre non plus qui ne con-

tienne une révélation. Mais un écrivain, aujour-
d'hui, est un fabricant. Plus il produit et plus
il a droit à l'estime de ses contemporains. On
juge son œuvre au poids du papier, comme si la
pensée était ainsi mesurable ! Montaigne, La
Bruyère n'ont-ils pas exprimé en un livre ce que
Diderot, Balzac n'ont pu dire qu'en cinquante
volumes ? L'essentiel n'est pas de beaucoup
produire, mais de ne rien publier que l'on ne
juge important. La statue de Rousseau par Pra-
dier est une image parfaite de l'écrivain idéal.
Le philosophe n'a point la main posée sur ses
tablettes, il ne la laisse point courir avec ses
idées, mais il la lève, devenu par un sentiment
sublime de probité intellectuelle, hésitant et
inquiet à cause de cette pensée qu'il va donner
au monde.

Nous voulons aussi que l'écrivain ait du courage. Les besognes du journalisme ont abaissé
toutes les intelligences : il n'est pas aujourd'hui
un critique qui, à l'exemple d'un Paul de Saint-
Victor ou d'un Sainte-Beuve, refuserait de parler d'un livre qu'il n'admire pas, si ce livre a
pour auteur un homme qui l'invite quelquefois à

dîner. En revanche nul n'a la curiosité de l'œuvre de l'inconnu, et encore moins l'audace de la
louer, d'imposer un jugement à la foule. La
critique même n'existe plus, tuée par la réclame.
La littérature moderne est devenue une vaste
association d'indifférents qui se méprisent les
uns les autres et ne croient à eux-mêmes que
juste assez pour essayer d'obtenir une place,
entre Pierre et Paul, jamais au-dessus : ils n'o-
seraient regarder trop haut.

Or ceux qui apportent une pensée arrivent
l'âme remplie de haine, d'amour et de noble ambition ; ayant à briser des idoles et à relever des
Dieux, ils ignorent les petits pactes de la cama-
raderie, les lois mondaines, les règles des asso-
ciations ; ils se voient toujours entre deux partis :
celui de leurs amis et celui de leurs ennemis.

Que l'artiste ait le culte de l'or. Il ne s'agit
point de sacrifier sa pensée, mais de l'imposer.
Par quelles sorcelleries ? c'est à chacun à le
deviner ! Mais il ne faut point dédaigner les
richesses ; à défaut de protections princières, la
fortune reste le meilleur moyen de dominer les
hommes : que l'artiste cherche donc de toutes

ses forces à l'acquérir, en se rappelant qu'elle est pour lui non un but, mais un instrument.

Méprisons le rat de bibliothèque, l'homme dont les maigres idées sentent la moisissure des vieux livres. Un grand art est l'œuvre d'une grande vie. Nos existences de bureaucrates et de journalistes ne peuvent produire que des monographies plates et insipides, des rêveries grotesques de solitaires. L'artiste doit avoir aspiré l'arome de toutes les vies et surtout avoir ressenti la splendide ivresse de la puissance. L'ambition de commander aux peuples qui enflamma Lamartine et Hugo ne paraîtra ridicule qu'à des esprits médiocres. Seuls les êtres vulgaires demeurent parqués dans un état : le monde entier appartient aux vastes intelligences. Ce qui fait justement la grandeur des artistes du XVI⁰ siècle, c'est qu'ils se mêlèrent à l'existence fiévreuse de leur temps, c'est que, tour à tour esclaves et maîtres, ils en ressentirent les joies ardentes, les atroces douleurs. Le génie de Michel-Ange peut-être n'est explicable que chez le défenseur de San-Miniato ; la magnifique fougue, toute royale, de Rubens rappelle qu'il a été ambassadeur (1). Mais à présent quel rôle jouer? Ce jeu au pouvoir permis à chaque français, cette banquette à la Chambre que chacun peut occuper un moment, où l'on est poussé, d'où l'on est rejeté, ce contact avec des rustres et des ignorants pour donner sa voix au budget ou discuter quelque timide projet de loi, voyez-vous rien là qui puisse causer ces fécondes émotions du pouvoir?

Nietzsche a dit que le mode de gouvernement importait peu à des intellectuels, pourvu qu'il fût stable, mais ce gouvernement des uns et des autres, cette continuelle petite secousse distrait l'esprit sans l'émouvoir, met l'âme dans un malaise sans fin et l'enlève aux fortes passions créatrices. Cherchant à cacher de multiples ambitions, n'apportant aucun idéal, la démocratie pour séduire les majorités, prend le prétexte du bonheur de tous les hommes ; elle s'adresse aux petits intérêts de chacun, à l'instinct de bien-être, au désir de repos, et finale-

---

(1) Rubens, de même que Shakespeare, appartient aussi au XVII° siècle, mais tous deux représentent le génie de la Renaissance, qui s'achève avec eux.

ment elle leurre tout le monde, sans que jamais le sentiment d'avoir participé à une grande œuvre vienne compenser chez ses victimes les déceptions qu'elle leur infligea. Or il ne s'agit point d'assurer un repos contraire aux véritables instincts de notre nature, répugnant à tout être sain et courageux, mais plutôt de permettre à chaque homme de manifester l'activité spéciale dont il est capable.

Les gouvernements absolus, soit en maintenant les peuples dans un état continuel de résistance, soit en s'imposant par la gloire, sont les meilleurs pour assurer à l'homme vraiment fort son complet développement. Quand ils s'établissent, on voit chez tous, non point de petites passions, de petites brigues, mais une vie tendue, active et énergique, pour s'élever jusqu'au prince ou le renverser. Au lieu de cette multitude de coteries qui se dépensent en de vaines querelles, il ne reste plus en présence que deux partis — les conservateurs et leurs adversaires, — dont les batailles profitables aux uns et aux autres, les forcent à s'observer et les sauvent d'une négligence ou d'un assoupissement funestes. Au point de vue où nous nous plaçons, le seul à notre sens d'où l'on puisse embrasser l'ensemble des choses, ce genre de pouvoir est nécessaire. De même que les passions violentes inspirent les poètes, de même un régime de toute puissance communique aux hommes une force qu'ils n'eussent point d'abord soupçonnée. La glorification comme l'attaque sont ennoblies : elles n'ont plus pour objet un fantôme, mais, selon le parti d'où on les envisage, des réalités redoutables ou précieuses. D'autre part, si l'on considère la vie privée des citoyens, les gouvernements absolus nous semblent les moins tyranniques, car rencontrant plus de difficultés que les autres pour subsister, ils tournent toutes leurs préoccupations vers la politique. On doit même préférer les mesures arbitraires dont ils sont coutumiers au fonctionnement invariable de la machine démocratique, à cette administration effrayante où tout le monde commande, sans que personne ose prendre une décision.

Mais nous avons sur la liberté des idées si fausses que nous éprouvons un sentiment de

répulsion a l'idée d'un tel pouvoir et de tout ce
qui s'en rapprocherait. Les supercheries du
suffrage universel, les changements de ministè-
res, le remplacement des présidents nous inté-
ressent. Nous trouverions pesante la contrainte
d'un seul être intelligent et éclairé, qui aurait
le souci et l'orgueil des hauts devoirs de la
puissance, mais nous acceptons la domination
d'une foule barbare, le commandement maladroit
et indifférent de l'anonyme. Nous ne faisons
même plus attention aux moyens illégaux, ni au
caractère tyrannique de certains actes, du moment que nous nous savons vivre sous un régime
de liberté.

On aurait tort cependant d'avoir une confian-
ce excessive dans la foule. On a vu, par l'aven-
ture du général Boulanger, avec quelle facilité
elle allait créer un dictateur. Pour que cette entreprise avortât, il a fallu la médiocrité du général qui tomba si gauchement alors que toute la
France était prête à l'acclamer.

Nous n'attendons point notre salut de pareil-
les équipées, et d'ailleurs nous ne voulons point
nous attaquer à un édifice de boue et de plan-

ches pourries qui s'effondrera de lui-même, mais, laissant faire au temps, nous ne nous occupons que de changer l'idéal et de tranformer l'esprit de nos contemporains. L'œuvre que nous rêvons existe à l'état d'ébauche ; il s'agit, comme dans un dessin on accuse les traits et met des ombres, d'en préciser le caractère et de le rendre visible à tous. S'il n'y a pas opportunité à présent à fixer les droits et le mode d'action de ces aristocraties, il est très important de reconnaître la légitimité, la nécessité de leur existence.

Quand on aura compris qu'il n'est pas de plus funeste mensonge que celui de l'égalité des hommes, qu'il n'est pas de société plus misérable que celle où l'on ne reconnaît aucune hiérarchie, quand cette richesse, cette noblesse, cette science qui se dissimulent ou se cachent aujourd'hui prendront conscience de leur valeur et, au lieu de demander pour le compte des autres, se battront pour leur propre cause, je vous assure qu'un nouvel ordre de choses se dessinera. Pour nous qui songeons, avant d'agir, à préparer les peuples au combat, nous ne cacherons point nos sentiments. Nous ne sommes pas des hypocrites et des illogiques : si nous attaquons l'anarchie et le socialisme, c'est qu'ils sont nos ennemis les plus proches, mais ce n'est point par amour de la Révolution. Jugeant que la nature choisit certains êtres pour le pouvoir, nous détestons les gouvernements fondés sur la souveraineté de la populace et n'avons qu'un désir, c'est celui d'effacer de nos mœurs et de nos institutions le souvenir de Quatre-vingt-neuf.

Révolution méprisable ! Ton seul bienfait fut d'augmenter en nous la haine de la bassesse que tu représentes, mais le spectacle des îlotes ivres ne peut être moral qu'à la condition de ne pas durer longtemps. Révolution, maladie de l'humanité ! nous appelons à grands cris le médecin, même brutal, qui purifiera le monde de tes souillures. Ennemie de la Beauté et de la Pensée, puissent nos malédictions être promptement entendues : L'ère des médiocres est finie, qu'une ère de noblesse recommence !

Paris, Juillet 1894.

Annonay. — Imp. ROYER.

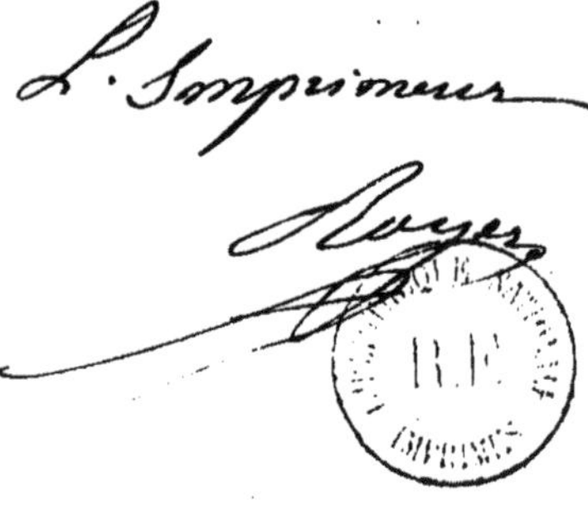

www.ingramcontent.com/pod-product-compliance
Ingram Content Group UK Ltd.
Pitfield, Milton Keynes, MK11 3LW, UK
UKHW021712130726
13696UKWH00004B/1780